無題的問句

—徐訏文集—

徐訏

新詩卷

導言　徬徨覺醒：徐訏的文學道路

陳智德

「個人的苦悶不安，徬徨無依之感，正如在大海狂濤中的小舟。」[1]

——徐訏〈新個性主義文藝與大眾文藝〉

在二十世紀四、五十年代之交，度過戰亂，再處身國共內戰意識形態對立夾縫之間的作家，應自覺到一個時代的轉折在等候著，尤其在當時主流的左翼文壇以外，被視為「自由主義作家」或「小資產階級作家」的一群，包括沈從文、蕭乾、梁實秋、張愛玲、徐訏等等，一整代人在政治旋渦以至個人處境的去與留之間徘徊，最終作出各種自願或不由自主的抉擇。

1 徐訏〈新個性主義文藝與大眾文藝〉，收錄於《現代中國文學過眼錄》，台北：時報文化，一九九一。

一

一九四六年八月，徐訏結束接近兩年間《掃蕩報》駐美特派員的工作，從美國返回中國，直至一九五〇年中離開上海奔赴香港，在這接近四年的歲月中，他雖然沒有寫出像《鬼戀》和《風蕭蕭》這樣轟動一時的作品，卻是他整理和再版個人著作的豐收期，他首先把《風蕭蕭》交給由劉以鬯及其兄長新近創辦起來的懷正文化社出版，據劉以鬯回憶，該書出版後，「相當暢銷，不足一年，（從一九四六年十月一日到一九四七年九月一日），印了三版」[2]，其後再由懷正文化社或夜窗書屋初版或再版了《阿剌伯海的女神》（一九四六年初版）、《烟圈》（一九四六年初版）、《蛇衣集》（一九四八年初版）、《幻覺》（一九四八年初版）、《四十詩綜》（一九四八年初版）、《兄弟》（一九四七年再版）、《母親的肖像》（一九四七年再版）、《生與死》（一九四七年再版）、《春韮集》（一九四七年再版）、《一家》（一九四七年再版）、《海外的鱗爪》（一九四七年再版）、《舊神》（一九四七年再版）、《成人的童話》（一九四七年再版）、《西流集》（一九四七年再版）、潮來的時候（一九四八年再版）、《黃浦江頭的夜月》（一九四八年再版）、《吉布賽的誘惑》（一九四九再版）、《婚事》（一九四九年再版）[3]，粗略統計從一九四六年至一九四九年這三年間，徐訏在上海出版和再版的著作達三十多種，成果

2 劉以鬯〈憶徐訏〉，收錄於《徐訏紀念文集》，香港：香港浸會學院中國語文學會，一九八一。

3 以上各書之初版及再版年份資料是據賈植芳、俞元柱主編《中國現代文學總書目》、北京圖書館編《民國時期總書目，一九一一－一九四九》。

可算豐盛。

《風蕭蕭》早於一九四三年在重慶《掃蕩報》連載時已深受讀者歡迎，一九四六年首次結集成單行本出版，沈寂的回憶提及當時讀者對這書的期待：「這部長篇在內地早已是暢銷一時的名著，可是淪陷區的讀者還是難得一見，也是早已企盼的文學作品」[4]，當劉以鬯及其兄長創辦懷正文化社，就以《風蕭蕭》為首部出版物，十分重視這書，該社創辦時發給同業的信上，即頗為詳細地介紹《風蕭蕭》，作為重點出版物。徐訏有一段時期寄住在懷正文化社的宿舍，與社內職員及其他作家過從甚密，直至一九四八年間，國共內戰愈轉劇烈，幣值急跌，金融陷於崩潰，不單懷正文化社結束業務，其他出版社也無法生存，徐訏這階段整理和再版個人著作的工作，無法避免遭遇現實上的挫折。

然而更內在的打擊是一九四八至四九年間，主流左翼文論對被視為「自由主義作家」或「小資產階級作家」的批判，一九四八年三月，郭沫若在香港出版的《大眾文藝叢刊》第一輯發表〈斥反動文藝〉，把他心目中的「反動作家」分為「紅黃藍白黑」五種逐一批判，點名批評了沈從文、蕭乾和朱光潛。該刊同期另有邵荃麟〈對於當前文藝運動的意見——檢討·批判·和今後的方向〉一文重申對知識份子更嚴厲的要求，包括「思想改造」。雖然徐訏不像沈從文般受到即時的打擊，但也逐漸意識到主流文壇已難以容納他，如沈寂所言：「自後，上海一些左傾的報紙開始對他批評。他無動於衷，直至解放，輿論對他公開指責。稱《風蕭蕭》歌頌特務。他也不辯論，知道自己不可能再在上海逗留，上海也不會再允許他曾從事一輩子的寫作，就捨別妻女，

[4] 沈寂〈百年人生風雨路——記徐訏〉，收錄於《徐訏先生誕辰100週年紀念文選》，上海：上海社會科學院出版社，二〇〇八。

離開上海到香港。」[5]一九四九年五月二十七日，解放軍攻克上海，中共成立新的上海市人民政府，徐訏仍留在上海，差不多一年後，終於不得不結束這階段的工作，在不自願的情況下離開，從此一去不返。

二

一九五〇年的五、六月間，徐訏離開上海來到香港。由於內地政局的變化，其時香港聚集了大批從內地到港的作家，他們最初都以香港為暫居地，但隨著兩岸局勢進一步變化，他們大部份最終定居香港。另一方面，美蘇兩大陣營冷戰局勢下的意識形態對壘，造就五十年代香港文化刊物興盛的局面，內地作家亦得以繼續在香港發表作品。徐訏的寫作以小說和新詩為主，來港後亦寫作了大量雜文和文藝評論，五十年代中期，他以「東方既白」為筆名，在香港《祖國月刊》及台灣《自由中國》等雜誌發表〈從毛澤東的沁園春說起〉、〈新個性主義文藝與大眾文藝〉、〈在陰黯矛盾中演變的大陸文藝〉等評論文章，部份收錄於《在文藝思想與文化政策中》、《回到個人主義與自由主義》及《現代中國文學過眼錄》等書中。

徐訏在這系列文章中，回顧也提出左翼文論的不足，特別對左翼文論的「黨性」提出質疑，也不同意左翼文論要求知識份子作思想改造。這系列文章在某程度上，可說回應了一九四八、四九年間中國大陸左翼文論的泛政治化觀點，更重要的，是徐訏在多篇文章中，以自由主義文藝的

5 沈寂〈百年人生風雨路——記徐訏〉，收錄於《徐訏先生誕辰100週年紀念文選》，上海：上海社會科學院出版社，二〇〇八。

觀念為基礎，提出「新個性主義文藝」作為他所期許的文學理念，他說：「新個性主義文藝必須在文藝絕對自由中提倡，要作家看重自己的工作，對自己的人格尊嚴有覺醒而不願為任何力量做奴隸的意識中生長。」[6]徐訏文藝生命的本質是小說家、詩人，理論鋪陳本不是他強項，然而經歷時代的洗禮，他也竭力整理各種思想，最終仍見頗為完整而具體地，提出獨立的文學理念，尤其把這系列文章放諸冷戰時期左右翼意識形態對立、作家的獨立尊嚴飽受侵蝕的時代，更見徐訏提出的「新個性主義文藝」所倡導的獨立、自主和覺醒的可貴，以及其得來不易。

《現代中國文學過眼錄》一書除了選錄五十年代中期發表的文藝評論，包括《在文藝思想與文化政策中》和《回到個人主義與自由主義》二書中的文章，也收錄一輯相信是他七十年代寫成的回顧五四運動以來新文學發展的文章，集中在思想方面提出討論，題為「現代中國文學的課題」，多篇文章的論述重心，正如王宏志所論，是「否定政治對文學的干預」[7]，而當中表面上是「非政治」的文學史論述，「實質上具備了非常重大的政治意義：它們否定了大陸的文學史論述」[8]，徐訏所針對的是五十年代至文革期間中國大陸所出版的文學史當中的泛政治論述，動輒以「反動」、「唯心」、「毒草」、「逆流」等字眼來形容不符合政治要求的作家；所以王宏志最後提出《現代中國文學過眼錄》一書的「非政治論述」，實際上「包括了多麼強烈的政治含義」。這政治含義，其實也就是徐訏對時代主潮的回應，以「新個性主義文藝」所倡導的獨立、

[6] 徐訏〈新個性主義文藝與大眾文藝〉，收錄於《現代中國文學過眼錄》，台北：時報文化，一九九一。
[7] 王宏志〈心造的幻影——談徐訏的《現代中國文學的課題》〉，收錄於《歷史的偶然：從香港看中國現代文學史》，香港：牛津大學出版社，一九九七。
[8] 同前註。

自主和覺醒，抗衡時代主潮對作家的矮化和宰制。

《現代中國文學過眼錄》一書顯出徐訏獨立的知識份子品格，然而正由於徐訏對政治和文藝的清醒，使他不願附和於任何潮流和風尚，難免於孤寂苦悶，亦使我們從另一角度了解徐訏文學作品中常常流露的落寞之情，並不僅是一種文人性質的愁思，而更由於他的清醒和拒絕附和。一九五七年，徐訏在香港《祖國月刊》發表〈自由主義與文藝的自由〉一文，除了文藝評論上的觀點，文中亦表達了一點個人感受：「個人的苦悶不安，徬徨無依之感，正如在大海狂濤中的小舟。」[9]放諸五十年代的文化環境而觀，這不單是一種「個人的苦悶」，更是五十年代一輩南來香港者的集體處境，一種時代的苦悶。

三

徐訏到香港後繼續創作，從五十至七十年代末，他在香港的《星島日報》、《星島週報》、《祖國月刊》、《今日世界》、《文藝新潮》、《熱風》、《筆端》、《七藝》、《新生晚報》、《明報月刊》等刊物發表大量作品，包括新詩、小說、散文隨筆和評論，並先後結集為單行本，著者如《江湖行》、《盲戀》、《時與光》、《悲慘的世紀》等。香港時期的徐訏也有多部小說改編為電影，包括《風蕭蕭》（屠光啟導演、編劇，香港：邵氏公司，一九五四）、《傳統》（唐煌導演、徐訏編劇，香港：亞洲影業有限公司，一九五五）、《痴心井》（唐煌導演、

[9] 徐訏〈自由主義與文藝的自由〉，收錄於《個人的覺醒與民主自由》，台北：傳記文學出版社，一九七九。

王植波編劇，香港：邵氏公司，一九五五）、《鬼戀》（屠光啟導演、編劇，香港：麗都影片公司，一九五六）、《盲戀》（易文導演、徐訏編劇，香港：新華影業公司，一九五六）、《後門》（李翰祥導演、王月汀編劇，香港：邵氏公司，一九六〇）、《江湖行》（張曾澤導演、倪匡編劇，香港：邵氏公司，一九七三）、《人約黃昏》（改編自《鬼戀》，陳逸飛導演、王仲儒編劇，香港：思遠影業公司，一九九六）等。

徐訏早期作品富浪漫傳奇色彩，善於刻劃人物心理，如〈鬼戀〉、〈吉布賽的誘惑〉、〈精神病患者的悲歌〉等，五十年代以後的香港時期作品，部份延續上海時期風格，如《江湖行》、《後門》、《盲戀》，貫徹他早年的風格，另一部份作品則表達歷經離散的南來者的鄉愁和文化差異，如小說《過客》、詩集《時間的去處》和《原野的呼聲》等。

從徐訏香港時期的作品不難讀出，徐訏的苦悶除了性格上的孤高，更在於內地文化特質的堅守，拒絕被「香港化」。在《鳥語》、《過客》和《癡心井》等小說的南來者角色眼中，香港不單是一塊異質的土地，也是一片理想的墓場、一切失意的觸媒。一九五〇年的《鳥語》以「失語」道出一個流落香港的上海文化人的「雙重失落」，而在《癡心井》的終末則提出香港作為上海的重像，形似卻已毫無意義。徐訏拒絕被「香港化」的心志更具體見於一九五八年的《過客》，自我關閉的王逸心以選擇性的「失語」保存他的上海性，一種不見容於當世的孤高，既使他與現實格格不入，卻是他保存自我不失的唯一途徑。[10]

徐訏寫於一九五三年的〈原野的理想〉一詩，寫青年時代對理想的追尋，以及五十年代從上

[10] 參陳智德《解體我城：香港文學1950-2005》，香港：花千樹出版有限公司，二〇〇九。

海「流落」到香港後的理想幻滅之感：

多年來我各處漂泊，
唯願把血汗化為愛情，
遍灑在貧瘠的大地，
孕育出燦爛的生命。

但如今我流落在污穢的鬧市，
陽光裡飛揚著灰塵，
垃圾混合著純潔的泥土，
花不再鮮豔，草不再青。

海水裡漂浮著死屍，
山谷中蕩漾著酒肉的臭腥，
潺潺的溪流都是怨艾，
多少的鳥語也不帶歡欣。

茶座上是庸俗的笑語，

市上傳聞著漲落的黃金，
戲院裡都是低級的影片，
街頭擁擠著廉價的愛情。

此地已無原野的理想，
醉城裡我為何獨醒，
三更後萬家的燈火已滅，
何人在留意月兒的光明。

「原野的理想」代表過去在內地的文化價值，在作者如今流落的「污穢的鬧市」中完全落空，面對的不單是現實上的困局，更是觀念上的困局。這首詩不單純是一種個人抒情，更哀悼一代人的理想失落，筆調沉重。〈原野的理想〉一詩寫於一九五三年，其時徐訏從上海到香港三年，由於上海和香港的文化差距，使他無法適應，但正如同時代大量從內地到香港的人一樣，他從暫居而最終定居香港，終生未再踏足家鄉。

四

司馬長風在《中國新文學史》中指徐訏的詩「與新月派極為接近」，並以此而得到司馬長風的正面評價，[11]徐訏早年的詩歌，包括結集為《四十詩綜》的五部詩集，形式大多是四句一節，隔句押韻，一九五八年出版的《時間的去處》，收錄他移居香港後的詩作，形式上變化不大，仍然大多是四句一節，隔句押韻，大概延續新月派的格律化形式，使徐訏能與消逝的歲月多一分聯繫，該形式與他所懷念的故鄉，同樣作為記憶的一部份，而不忍割捨。

在形式以外，《時間的去處》更可觀的，是詩集中〈原野的理想〉、〈記憶裡的過去〉、〈時間的去處〉等詩流露對香港的厭倦、對理想的幻滅、對時局的憤怒，很能代表五十年代一輩南來者的心境，當中的關鍵在於徐訏寫出時空錯置的矛盾。對現實疏離，形同放棄，皆因被投放於錯誤的時空，卻造就出《時間的去處》這樣近乎形而上地談論著厭倦和幻滅的詩集。

六七十年代以後，徐訏的詩歌形式部份仍舊，卻有更多轉用自由詩的形式，不再四句一節，隔句押韻，這是否表示他從懷鄉的情結走出？相比他早年作品，徐訏六七十年代以後的詩作更精細地表現哲思，如《原野的理想》中的〈久坐〉、〈等待〉和〈觀望中的迷失〉、〈變幻中的蛻變〉等詩，嘗試思考超越的課題，亦由此引向詩歌本身所造就的超越。另一種哲思，則思考社會和時局的幻變，《原野的理想》中的〈小島〉、〈擁擠著的群像〉以及一九七九年以「任子楚」

[11] 司馬長風《中國新文學史（下卷）》，香港：昭明出版社，一九七八。

為筆名發表的〈無題的問句〉，時而抽離、時而質問，以至向自我的內在挖掘，尋求回應外在世界的方向，尋求時代的真象，因清醒而絕望，卻不放棄掙扎，最終引向的也是詩歌本身所造就的超越。

最後，我想再次引用徐訏在《現代中國文學過眼錄》中的一段：「新個性主義文藝必須在文藝絕對自由中提倡，要作家看重自己的工作，對自己的人格尊嚴有覺醒而不願為任何力量做奴隸的意識中生長。」[12]時代的轉折教徐訏身不由己地流離，歷經苦思、掙扎和持續的創作，最終以倡導獨立自主和覺醒的呼聲，回應也抗衡時代主潮對作家的矮化和宰制，可說從時代的轉折中尋回自主的位置，其所達致的超越，與〈變幻中的蛻變〉、〈小島〉、〈無題的問句〉等詩歌的高度同等。

*陳智德：筆名陳滅，一九六九年香港出生，台灣東海大學中文系畢業，香港嶺南大學哲學碩士及博士，現任香港教育學院文學及文化學系助理教授，著有《解體我城：香港文學1950-2005》、《地文誌——追憶香港地方與文學》、《抗世詩話》以及詩集《市場，去死吧》、《低保真》等。

12 徐訏〈新個性主義文藝與大眾文藝〉，收錄於《現代中國文學過眼錄》，台北：時報文化，一九九一。

目次

《古道斜陽》電影序曲及終曲

序曲

河水蕩蕩，
大地蒼蒼，
中華男兒志氣高昂。
正是抗戰當年，
萬千英雄，
崛起草莽，
流血疆場，
激越悲壯，
風起雪飛，
凱歌齊唱。
……

終曲

古道縱橫，
斜陽西下，
舊事已非，
浪淘盡多少英魂。
舊恨未消，
新歌待唱，
等天明日出，
風雲起處，
中華男兒振臂奮起，
掃盡妖雰，
重建家園，
光明自由，
再奠乾坤。

一九六八—一九七〇。

夜聽琵琶

在你敏捷堅實的指端，
我聽到農村同以前一樣寧靜，
陽光照耀著小橋流水，
池面倒映著碧綠的山影。

你還奏出西湖的景色如舊，
美好的春光中波平如鏡，
安詳的蝶影翩翩飛舞，
黃昏時飛鳥紛紛歸林。

你再奏《春江花月夜》，
描繪古代閒適的幽情，

於是你拼湊舊有的小曲，
把古傳的式樣點成新穎。
你先敘林中的百鳥朝鳳，
你再寫柳底低吟的黃鶯，
最後你奏雙星夜渡天河，
那時東方天際已經微明。

一九六八。

來信

在大躍進的時期，
你報告三軍曾經下鄉，
說到處是雄壯的歌聲，
唱祖國的建設一日千丈！

還有無數的水庫排水如瀑，
沿公路都是大小發電廠；
如林的煙囪在荒地升起，
遍地都是「杭育」的聲響。

除三害鑼鼓喧天，你又稱：
千萬的學生在幫農民下秧，

信中又說煉鋼的號召如火如荼，
大家歡呼社會主義的成長。

後來你千信萬信盛讚紅衛兵，
說是平地的一聲革命雷響，
要把當權派一一鬥垮，
雲端才有腥紅的太陽。

但如今你來信已不提這些，
只告我家鄉人人沒有米糧，
飢餓威脅著男女老幼，
田野上是一片荒涼。

還說工廠裡爐火已冷，
無產階級都是革命的對象；
馬克斯的學說已無人相信，
人人在學習「毛主席」的思想。

一九六八，三，三〇。

未題之一

鑼鼓聲逝，
車馬聲遙，
獨坐小窗，
望大好河山，
縹緲的雲層外，
寥落的星星，
寥落的星星！

念紅花開過，
黃花開過，
蕭瑟的林下，
殘燈閃爍，
耿耿難忘的是：

暗淡的夢境，
暗淡的夢境！

人情細味，
世態閱盡，
短促的人生中，
愛分情散，
寒夜獨衾下是：
空虛的心靈，
空虛的心靈！

時節水流，
年華煙雲，
人潮起伏，
前浪後浪，
泡沫漩渦裡是：
玄妙的命運，
玄妙的命運！

大地無情，
四海淡漠，
陽光從未普照。
高山外，
喊聲震天。
嘆息呻吟的是：
可憐的生命，
可憐的生命！

一九七〇，二，七。

夢迴

夢迴舊日的幻想，
寂寞的心靈迄無依歸，
愛情如秋花春雪，
富貴如浮雲流水。

念萬千的人民移海倒山，
轟天的功動如風如雷，
但歷史從未記勞動的血汗，
徒存千遍一律的「萬歲萬歲」。

是誰曾告訴我蒼天有情，
人類迄未辨是非功罪，

那何怪詩人稱現世是逆旅，
今朝有酒應盡今朝醉。

望天際浮沉著凍雲如鉛，
僅有黯淡的星粒搖搖欲墜，
問人間到底有多少哀愁？
一曲歌一句詩都是淚！

一九七〇，三，二二。香港。

路人

不要當我是陌生的路人，
且把我當作窗外的黃鶯，
它在你清醒時對你歌唱，
在你就寢時飛往樹林。

或者你且把我當作常年
遠掛在雲霄的孤星，
它在你起身時悄悄地隱去，
在你熟睡時偷窺你倩影。

再或者把我當作你園裡的玫瑰，
或者是籬前的迎春，

它在春天時為你開花，
在秋天時化為泥塵。

我可能是一個陌生的路人，
但也有一片可憐的癡心，
為一個縹緲的夢幻，
我浪費過半生的生命。

一九七〇，四，二八。

你還在

你還在，你還在，
那黯淡的路角，
拖著疲倦的人影，
在尋覓已逝的春景。

你還在，還在那塵埃
滿飛的路上，
踏著雜亂的荊棘，
在摸索舊識的路徑。

你難道還留戀
那當年輕笙幽琴，

在燦爛的陽光中，
歌頌那人間的太平？

這歲月已不會回來，
春已逝，路早已不在。
我早不是當年歌手，
你難道還會有過去的心情？

一九七〇，六。

千萬種雲

千萬種雲，
千萬種形狀，
千萬種嬌豔，
千萬種寧靜。
千萬種變幻，
遠的近的，
動的靜的，
上升下降。
千萬種金黃，
千萬種灰白，
奔騰、飛翔、凝聚，
隱消於太空的無垠。
來的，去的，

前進，後退，
那遠處的紅綠，
化為線，化為點，
化為山巖，化為水波，
又化為斑斑的魚鱗。
像水流，
像火焰，
像獸，
像蟲，
像龐大的煙柱
散步太空，
像洶湧的河海
倒瀉天庭。
無盡的吸收、融化，
一切的混亂又歸於清明。
那空的結構，
時的圖案，
渺小的人，

在摸索追求，
散在光的軌跡中，
雄壯的，悲哀的，
寂寞的，任何的
呼聲。永恆的
都變成了一瞬。

一九七〇，六，二一。MSA飛機上，
自新加坡回港途中。

悼亡組曲

這裡寫到的人，都是我或多或少認識的。我並不是因為想到他們而想寫悼念，也不是因為悼念他們而寫這個組曲，而是當我想到死亡時，他們偶然在我意識中流過的。但是流過的可並不是「死亡」，而是「生存」，一種活潑的生存。因此，我謹此以祭亡魂。

陳約翰

驚心動魄的時代，
激蕩動亂的社會，
起伏，升降，
翻兩個三個的跟斗，
一聲嘆息，

幾十度春秋，
就成了七拼八湊的生命。
而天真的樂觀，
廉價的熱心，
剝一層一層的命運，
來過的去了，
去過的來了，
而你那個豪奢的夢，
在水中，在鏡中，
閃著七彩的光芒，
終於帶你進了
死亡的幽境！

慧珠

那不過是傳說，不過是傳說。
在春天，在夏天，在秋天，

在沒有冬天的歲月中
那生活都是夢！都是夢！

有許多死的消息，我傷心，
有許多死的消息，我憤怒，
有許多死的消息，我憐惜。

而旋轉於蛛網中的
蜘蛛，活躍於方寸之地，
那空間比時間更殘酷，
愛比恨更無情，
夢比現實更惡毒。

聰敏的堅強的自殺了，
愚笨的懦弱的活下去……
而我，負一個陰影，
一腔悔恨與一種
無可傾訴的悲情。

樂蒂

當時間向老年移近，
美與醜平等。
當生命向死亡移近，
強與弱平等。
當人間失去了希望，
愛與恨也無從劃分。
零亂的步伐，
錯誤的途徑，
在跨過三十級
階梯時，回頭看
浮動的圖案，
蕩漾著豔白的笑容，
能說的，是：
「能騙傻子的是好戲，
能騙聰明人的則是好夢！」

陶秦

每一個人有一齣戲，
每一個人是一個主角，
於是有一天，
你要看我的戲，
我要看你的角色。
而那些在市場中
摸索的尋求的，
戲失去了藝術，
人失去了生命。
那還不是為生活
為生存，抬起招牌，
為一個美麗的家庭。
那一度發亮的光，
一度發響的聲音，

都敲著單調的節拍，
蹉著蹉著，
蹉著不同的臺步
走進了幕簾。

薛志英

不易了解的人性，
光明的與黑暗的，
完美的與殘缺的，
線與線的一組，
色與色的一組，
都是圖案，
那糾纏與反覆——
都該歸之於命運。

且不說那些尺所量的，
鉛筆所畫的，
存在我插頁中，
存在我記憶中，
那不過是一段一段的
人生，在模糊的過程中
淡下去，淡下去，淡下去……

十三妹

電話中出現的，
信紙中出現的，
那無從理解的
是荒謬劇的對白。

坐在檯角想寫的
是不堪回首的回憶：

那無情的歲月，
無情的世事。

七〇年代的人
誰記得那四〇年代中
那些淚，那些血
在偉大的時代中
所培養的生命。

哪怕是零亂，微小，
但是它存在過，
跳躍過，在狹窄的
舞臺上——
也有光，也有影。

一九七〇。

晝寢

晝寢
到王四娘家看花，
到寒山寺聽鐘聲，
到桃花源話桑麻。

晝寢
南嶽的月色，
尼加拉的瀑布，
普陀海灘的金沙。

晝寢
再做不識字的孩子，

竟日在田野中嬉戲，
聽母親慈愛的訓罵。

晝寢
孔子時代的棟梁，
也早已圮塌霉爛，
變成朽木，再無從雕畫。

一九七〇，一二，二〇。

黃昏

懶在床上，
翻無聊的書，
看愚蠢的插圖，
聽單調的音樂，
這也是人生，
這也是人生！

靠在枕上，
看暗沉中的斗室，
聽遠處的車聲，
聽隔壁叫：
「劉三娘」，

這又是黃昏，
這又是黃昏！

走到後園，
看一片聖誕紅，
認一朵紫色的野菊，
尋一株舊識的紅楓，
這又像是在夢中，
這又像是在夢中。

一九七一，一，二，下午。

翅翼

——贈辛永秀

我說會唱歌的人，
像生物多了一雙翅翼，
她可以輕易地離開塵世，
把胸中的抑鬱，
向天庭訴洩。

她還可以駕著她的歌，
任想像飛向過去未來，
讓未開的花都香，
已缺的月重圓，
已枯的樹抽綠葉。

那麼我是否也可跨著
你美妙的歌聲遠遊，
向西湖尋夢，
向峨眉尋燈，
向妙峰山尋雪？

那我就要你暫忘：
茶花女的悲歌，
蝴蝶夫人的低泣。
請記取：百鳥飛盡後
只剩杜鵑，夜啼時
一聲聲是淚，
一字字是血！

一九七一，九，二七，夜。香港。

未題之二

天空如鉛，
大海如鐵，
狂風過後，
一時萬籟俱寂。

歌響舊曲，
燈紅佳節，
舊景新綴，
可憐無情歲月。

念家遠千里，
人老異地，

路封斜陽，
人間多殘缺。

蓬萊無仙，
月宮沙礫；
人頌萬歲，
未壽英雄豪傑。

一九七一，一〇，三。

未題之三

雲奔萬里，
星墜咫尺，
對窗遠望，
重負一心寂寞。

念江南初春，
滿野嫩黃碧綠，
煙雨山色，
時浮亭臺樓閣。

花萎孤燈殘燭，
人倦淺歌淡曲，

萬里遊蹤，
難求一枝棲宿。

風驕午夜，
月羞五更，
閑愁無眠，
看雲海千種面目。

一九七一，一〇，一一。香港。

未題之四

我害怕陌生
害怕寒暄，
紅著臉，
我躲在母親的裙幅。

我害怕喧鬧，
害怕囂雜，
我低著頭，
躲在偏僻的院落。

我躲避陽光，
躲避空曠，

我躲在斗室中，
貪戀我的孤獨。

我躲避市塵
躲避人群，
在荒涼的原野中，
我消失在森林僻角。

我消失在層層的黑雲下，
消失在密密的雨絲中，
我消失在疏疏的星光裡，
消失在煙霧的聚散升落。

我還會消失在輪迴邊緣，
那是生命的開端，
那裡保留著一段空虛，
一段原始的漆黑！

一九七二，八，一四。香港。

未題之五

寧靜寧靜的夜，
寂寞寂寞的心，
黯淡的生命裡
一段機緣，一段癡情。

翻翻月曆，
查查日記，
我無從尋找
我有過光輝的青春。

灰色白色的情懷，
顛三倒四的夢境，

燦爛的燈光下，
什麼謊話都成可信。

讓風來吹吧，
讓雨來打吧，
早已沒有星光
來窺探敝舊的窗櫺。

一九七三，一，三一。

未題之六

當和平已經被炮聲捲走，
當美善已經為強權占去，
人間再沒有勇氣的呼號，
諂媚代替了正義的歌唱。

當報刊已經是權要的喉舌，
當電臺已經是政令的宣傳，
世上再沒有真正的笑聲，
也沒有不受指揮的鼓掌。

在時代的變幻中，
我看到多少戰士默默地死亡，

多少革命的淪為囚奴，
多少反動的進入了廟堂。

這時候，我知道我應當緘默，
等另一個時代的號角。
那時會有另一代的呼聲，
掀起另一個洶洶的風浪。

一九七三，三。

未題之七

你來自雲端，
告訴我天已破曉，
踐著我破碎的夢，
說我不該在白天睡覺。

我說我在悠長的歲月中，
挨過太多的寂寥，
如今再沒有情熱，
可燃起已滅的火苗。

你說人間正醞釀著光明，
到處有年輕人的歡笑，

流水映照著白雲，
萬花開遍了樹梢。

我說我已經衰老，
看過世間的千變萬化，
白雲不過是暫時的過客，
萬花在一夜間就會枯凋。

一九七三，四。

求睡曲

讓我睡吧，
從侷促的斗室中，
走入夢境，
那裡可能有
曠漠的原野，
任憑我
勇敢地馳騁。

讓我睡吧，
從相思的苦難中
步入夢境，
那裡也許有你

責備的笑容，
怪我誤了時辰。

讓我睡吧，
從疲乏的工作中
走入夢境，
那裡可能有我的故鄉，
有裊裊的炊煙，
繞著翠綠的樹林。

讓我睡吧，
我已經疲倦。
在混沌的夢中，
我可以尋找
我原始的魂靈，
它應該在空寂中
有它平安的寧靜。

一九七三，四，一七。

未題之八

鎖著眉，
低著頭，
我看見你，
遠遠地！
遠遠地！

跳著心，
促著呼吸，
我等著你，
苦苦地！
苦苦地！

拉著手，
押著腳步，
你伴著我，
默默地！
默默地！

皺著眉，
嘆著氣，
你低訴著，
幽幽地！
幽幽地！

附著破碎的心，
流著苦澀的淚，
我離開你，
悄悄地！
悄悄地！

一九七三，一二，一四。

未題之九

偏西西倒，
偏東東倒，
我站住，
在東西擁擠的
人叢中間。

左傾左跑，
右傾右跑，
我站住，
在左拉右牽的
人群中間。

前進的退下來，
後退的跟上去，
我站住，
在前後波動的
人海中間。

我西探東望，
我左顧右盼，
我前瞻後矚，
我站在十字路口。

沒有燈光，
沒有指標，
我可能隨時會倒下，
那麼請你站住——
在這洶湧的浪潮中間。

一九七五，一，三一。

未題之十

我在斗室裡等待，
只聽見遠處的車聲，
只聽見遠處的車聲，
我在斗室裡等待一位旅人。

我從小窗裡遠望：
那青山上的樹林，
那青山上的樹林，
它們正為我眺望那位旅人。

我望著遙遠的天空，
讚美那神奇的星雲，

讚美那神奇的星雲，
它象徵著人間遙遠的旅程。

我斗室是寂靜的，
它等待那旅人的步聲，
它等待那旅人的笑聲，
因他已經走完了遙遠的旅程。

一九七五，三，一五，下午四時。

未題之十一

他原是剛強的松柏，
如今已成為一朵嬌嫩的玫瑰，
它開放了專為它所愛的人兒，
沒有她灌溉就會憔悴。

請原諒他不安的嘆息，
更不要怪他無端的垂淚，
因為他那顆完整的心靈，
曾在命運的播弄下破碎。

過去他也有多少夢想，
遙寄在籬外的青山綠水，

如今他癡傻的愛情，
再無處可以得到安慰。

他曾用多年的血汗
奉獻所理想的真美，
如今他已無堅貞的勇氣
面對他前程的安危。

一九七五，四，九。

未題之十二

我知道流水
曾經使頑石
孳生青苔，
春光曾經使
枯木重發新芽。

河蚌的生機曾使
沙礫變成明珠，
太陽的光熱也曾使
荒漠的月球
幻成透明的月亮。

那麼我何必懷疑
我枯寂的心靈重生
是為你神祕的笑，
我灰色的生命
閃耀出七彩
是為你偶然的對話。

那多少年的歲月，
我竟像地底的礦藏，
懷著灰色的情緒，
重來尋求光明的希望。

如今你讓我知道，
我心中正有可
燃燒的情熱，
把枯萎了的歌曲
重新高唱。

一九七五，六，三。

未題之十三

像一隻失群的小鳥，
在嚴寒的風雪中
在樹梢上抖索，
望著凍裂的雲塊，
等待破曉的陽光。

像一隻失群的困獸，
在陰暗的夜裡
躲在冰冷的穴中
舔著自己的血污，
等待同伴的一聲歌唱。

我在孤獨的斗室中，
讀無人注意的殘卷，
尋古代無名的詩人
可曾抒寫過一種情感，
正是我現在所感受的哀傷。

時代無數的變遷，
多少英豪、戰士與兵丁
揮著旗幟，喊著口號，
夢想著把人間變成天堂，
徒記錄著數十年的空茫。

那麼，我為何要相信歷史，
不相信目前人間的苦難。
多少輝煌的生命，
為英雄們美麗的宣傳，
前仆後繼的死亡。

一九七五，六，三。

未題之十四

我本是一個自由的天鵝，
每天在天空中翱翔，
我求清涼時躲在雲端，
我求溫暖時飛向太陽。

我想求仁時飛向高山，
我想求智時飛向海洋，
我要看花時飛向林園，
我要看人時飛向市場。

自從我飛進了你的圍牆，
我再無從隨處徜徉，

你的形容占領了我的記憶，
你的言語占領了我的想像。

我像一隻飢餓的小雀，
行乞於鳳凰的門牆，
風霜雨露的階下，
靜聆你夢境的清磬。

一九七五，六，三。

未題之十五

當雷電粉碎了你的故巢，
風雨打折了那婀娜的樹梢，
你遍體鱗傷，血淚斑斑，
靈魂變成了驚弓的小鳥。

你出發時全身戰慄，
臨陣不停地流汗與心跳，
你說你在牢獄中煎熬已久，
早失去了生命的尊嚴與光耀。

你先訴說你無端的擔憂，
以及你等候與期待的煩焦，

你還說到你夢中的幻象，
牛鬼蛇神在四周叫囂。

如今你說你已經筋疲力盡，
只想在寧靜的山中找一個古廟，
聽松林中的鐘聲佛號，
對迷失的靈魂作慈愛的喚叫。

一九七五，六，三。

未題之十六

太陽已經抹去了
青草的朝露，
青山已經吸盡了
漫天的煙霧。

那麼何必再提起，
長長的夜裡
渺茫的雲層中
星月迄未停止低訴。

我原只是低著頭
拖著疲倦的腳步，

走我沒有目的的
暗淡的道路。

而你偏要告訴我，
有藍尾鳥在對我招呼，
問我明天的三更時分，
願否同他去看織女夜渡？

一九七五，六，三。

未題之十七

高樓低廈，
人潮起伏，
灰雲濁霧中，
歡樂悲哀，
大海天地一色。

舊史新提，
故曲重聽，
人間反覆裡，
前瞻後矚，
夜夜愁雲苦月。

新蕾開了，
舊花謝去，
動蕩的生命，
鬼魂輪迴處，
個個哭泣。

從那一方來，
從這一方去，
多少鑼鼓喧天，
一切燦爛的光輝，
都向黑暗中漸漸隱滅。

一九七五，一〇，一四。

未題之十八

瓶中的玫瑰早已凋謝，
窗外的芙蓉也再無幽香；
請不要點燃我桌上殘燭，
因為我現在怕見光亮。

那面廣大的原野，
都有翠綠的禾秧，
平靜清澈的天空，
也總有五彩的雲霞飛揚。

不要說門前後的溪邊，
有多少浣紗的姑娘，

在潺潺的水流聲中，
笑談李家張家的短長。

最可愛是春天裡燕子飛來，
寄居在堂前的舊梁，
他們唱我們童年的歌曲，
讚美我素樸的家鄉。

多年來我流落在海外，
久久沒有見我家鄉；
我家鄉遠在江南
寄存著古舊的音響。

一九七五。

動物狂歡節

序（Introduction）

聖塞翁不停地叫苦，
因為人類實在太糊塗，
連他的名字都叫不清楚，
因此他要贊揚
別種的生命：
雞、鴨、狗、豬，
天鵝、烏龜同袋鼠。

獅子

獅子是森林裡的王。
他會吼叫，
只是不會歌唱。
遠遠聽他的吼聲，
我們就逃跑。
怕老婆的人類
就把老婆叫獅王。

公雞與母雞

公雞喔喔叫，
母雞嗚嗚啼；
母雞走在前，

公雞走在後；
大模大樣到巢裡，
每天只想生小雞。

野公驢

你聽見過野公驢的叫麼？
他的聲音像一個破喇叭。
飛禽聽了都笑他，
老虎聽了想吃他，
只有母驢聽了嘻哈哈。

烏龜

大烏龜走得慢吞吞，
有人說他有詩人的風度，

有人說他故意裝糊塗。
他在龜兔賽跑中得過獎，
所以他驕傲得像個大腹賈。
可是中國聰敏的女人，
都把他比作自己的丈夫。

象

象是最大的動物，
有小眼睛，厚臉皮，
他的牙齒最難看，
長長的伸在嘴外邊，
可是它比人類牙齒要值錢。

袋鼠

每個袋鼠有隻袋，
但他不知道裝錢，
裝米，裝珍珠，
只知道裝
自己的孩子，
在森林裡找
可吃的果子。

水族館

小魚小得像粒米，
大魚大得像座山，
有的魚渾圓像個球，

有的魚細長像絲帶，
還有各種熱帶魚，
七彩繽紛，千種嬌豔，
不像人類，要靠絲綢綾羅，
禽毛獸皮，裝潢他們灰白的胴體。

騾子

騾子，像馬不是馬，
像驢不像驢。
它像多打了女性
荷爾蒙的男子，
也像多打了男性
荷爾蒙的女人。

布穀

布穀鳥，
叫得好傷心，
「布穀布穀」叫不停。
它叫旅人早回家，
又叫家人向外行，
它叫女人早嫁人，
又叫男人找情人。

禽鳥

所有的禽鳥都是天生歌唱家，
每種鳥都以為自己歌喉的美妙：
烏鴉一早就在練唱，

黃鶯時時都唱求愛的曲調；
大家都知道杜鵑啼血，
而夜鶯則整夜都不睡覺。
還有貓頭鷹站在樹梢，
等夜靜發出寂寞的苦笑。
此外夜雁掠天空而過，
往往留一聲悽切的長嘯，
而鷹隼啼在空谷，
鶴鳴竟達九霄。

鋼琴家

鋼琴家其實也是一種動物，
演奏時伸頭縮頸，
發出各種古怪的聲音，
自以為宣揚大師的作品
自己就是一具美麗的鋼琴，

一個人如果坐在鋼琴的旁邊，
也許會頓時失去了人性。

化石

博物館有一大堆動物的化石，
有一天深夜開了一個音樂會，
它們沒有管弦樂器，
撞擊敲打的都是商鼎周彝，
同雕刻精緻的玉器。
滾來滾去，撞東碰西，
發出古怪新奇的聲音，
居然也奏出了古代的詩意。

天鵝

天鵝，在天空翱翔，
在湖沼上逍遙，
潔白的羽毛
從不染污穢，
問她天鵝舞是怎麼回事，
她說：「都是人類搬弄的是非。」

大團圓

現在我們到了大團圓——
這個動物的嘉年盛會。
樂隊將奏出各種聲音：
那水上的魚，

陸地的獸，
空中的飛禽。
琴弦將曲解他們的姿態，
管弦要模仿他們的呼嘯，
這裡你慢慢的會了解
聖塞翁的佳妙。

一九七五。

觀文壇舊畫有感

寂寞文壇如戰場，多少後浪推前浪，萬劫唯漏過河卒，歲暮濡筆獨徬徨。

想當年光輝的元旦，
大家說一切是萬象更新，
無數的作家揮動筆桿，
寫生產呀；寫勞模，寫革命。

後來有整肅清算與鬥爭，
才知道三四〇年代的作家，
個個是打看紅旗反紅旗，
嚷著革命反革命。

且看這裡濟濟的人群，
有多少還有作品？
有多少被鬥臭鬥垮？
有多少已丟了性命？

聰敏的早已擱筆做官，
只在會場上叫「萬歲」三字經，
也有一二個依附權貴，
有一度叱咤風雲。

你說這是後浪推前浪，
新的作家都來自紅衛兵，
然而樣板戲已經沒落，
大好文壇也不再容江青。

丙辰歲尾。

桃花的聲音

窗外的桃樹，
綠葉紅花，
豔照四方，
它就是沒有聲音。

有一天，
有一隻鳥飛來，
他唱了一口好歌。

我說：「如果你教會
桃花唱歌，
我才相信你的本領。」

「你真笨，先生，
我不就是
桃花的聲音？」

一九七七。

鐵門

鐵門，關著，緊緊的，
——沒有鎖孔，
也沒有鎖；
只有一條門縫，
但沒有光透進來。
我敲了一年不開，
我叫了一年不開，
後來我就在鐵門上，
畫了一扇門。
我輕輕地推開我的門，
我走進去，
我知道我也已經走進了鐵門。

一九七七。

星光

有一顆舊識的星星，
來瞧我悽涼的小窗，
問我陰暗的房中，
是否需要他的亮光？

我說，我只是偶然失眠，
流落在無夢的床上，
靜聆蕭蕭的落葉，
細味殘花的芬芳。

「但是你靈魂在不安地顫慄，
嘴裡吐著低迷的歌唱，

你訴你在時代中迷失，
在崎嶇的人生中彷徨。」

在紛紜的世事中摸索，
我已經度過驚天動地的風浪，
如今我身軀已經疲憊不堪，
心靈上負著沉重的創傷。

「那麼讓我告訴你，
漆黑的世紀會再度輝煌，
自由的死灰會復燃，
生命中永遠會有新的希望。」

可是我只想安詳地休息，
再無意看人世的熙攘，
我已經熄了我房中的燈，
我為何還會需要星光？

一九七八，二，二八。

飛

你應該飛——
因為你已有壯健的翅膀，
就不該擠在局促的街頭，
跟著競賽的龜兔彷徨。

你應該飛到遙遠的雲下，
那裡有不見煙火的地方，
到處都是蔥鬱的樹林，
吐著原始的清新的芬芳。

你應該越過利欲的市場，
飛到有高峰聳天的山上，

那裡有松柏在風中呼嘯，
百鳥在晨曦中自由地歌唱。

你應該勇敢地遠飛，
哪怕是飛進陌生的廟堂，
你也可以知道那不同的神像，
閃耀的都是人間的靈光。

你應該勇敢地遠飛，
哪怕是飛進陌生的臥房，
你也可以了解那不同的夢，
都懸掛著相同的欲望。

你應該飛——
因為你已有壯健的翅膀，
就不該整日站在電話線上，
聽世俗的咒罵與毀謗。

一九七八，三，一二。

尋求

在黑暗中，
我尋求一盞燈；
在死寂中，
我尋求一聲蟲吟。

在荒野中，
我尋求一種呼聲；
在鬧市中，
我尋求一片寧靜。

我尋求友伴，
我期待愛情；

我在寒冬中覓火，
在炎夏中找冰。

在狹窄的山徑，
我默默地走著，
向天空問一彎新月，
同幾點黯淡的星。

我是一個孤獨的旅人，
在人間，我乾渴，
我需要一口井，一口井。

一九七八，四，一五，夜。

影子

跟著，跟著，
一直跟著，
我知道你是我的影子。

「如果你急，
請上前吧。」
「不，除非你
背著光亮走去。」

一九七九。

無題的問句

——遙寄「文聯」「作協」的一些老朋友

當我還是小孩的時候，
我就愛問東問西，
問風箏為什麼往上飛，
問蘋果為何要落地，
問一天為何有晝夜，
問一年為何有四季。
父母給我各種解釋，
可是我仍要追根究底，
於是大家都說：
「這孩子真是不討人歡喜。」

以後我進了學校，
老師灌輸我科學常識，

否定了各種傳統迷信；
我知道了日月只是一個星球，
風雨雷霆的變化，
背後也並沒有神明。
等到我慢慢長大，
我又了解許多教訓的虛妄；
好些我敬佩的長輩，
表面上道貌岸然，
背地裡男盜女娼；
口頭上仁義道德，
內心裡污穢骯髒。
我還慢慢地發現；
許多人買空賣空，
吹牛拍馬，搖搖旗，
鼓鼓掌，喊喊口號，
居然到處受人尊重。
還有高高在上的官貴，
貪污枉法，魚肉百姓，

而演講時滿嘴國家人民，
活像是救國的英雄。
可是那些勤勞刻苦，
終年胼手胝足的
農民不得一飽；
那些日以繼夜孜孜不倦
流汗的工人整年鬧窮。

我問我的朋友，
這到底是為什麼？
為什麼人世這樣不公平？
他們給我各種的答案，
但都很難讓我相信。

有的說，不平乃是天意。
水不是有深有淺，
山不是有高有低？

人有智愚賢不肖，
到處有君子小人的差異；
兒童有聰明有愚笨，
女人有醜陋與美麗，
動物不是弱肉強食，
松柏與小草如何成比例？

有的說，你年紀輕輕，
為什麼要問這些問題？
一個人在世幾十年，
誰不是為名為利。
社會本來是一架梯子，
爬上頂去是主人，
掉下來的就是奴隸。
世上有享受不盡的繁華，
山錯珍饈，珠寶金銀，
華車美服，高樓大廈，
誰不在追求，誰不在尋？

你為何要問無聊的問題，
辜負了你自己寶貴的青春？

這些答案都不能使我滿意，
我到處請教飽學之士，
又靜靜地問我自己，
到底人生是怎麼回事，
世間有沒有道德與真理？

於是有一天我走過教堂，
教士正在對信徒講道，
看見我色倉惶，
他說：「罪人呀，來，來！
我來指點你的迷茫。」
他先告訴我神愛世人，
說我應該打開你的心扉，
讓神來賜給你靈光；
神創造了世界，

又創造了天堂，
你只要靠祂愛祂，
祂決不會使你失望。

我當時就問他：
世界為何如此不平？
有人賤成奴隸，
有人貴為帝皇。
弱者善者常被人凌辱，
強者狡者到處猖狂。

他說，這是神的安排，
我們無從知道。
你不該對神抗訴，
你只能對神依靠。
神會接受你的意向，
只要你虔心禱告。
但是我可知道——

世上有無數信徒，
日日夜夜都在對神祈禱，
他們都求個人的幸福，
從未祈求人間的公道。

從此我心裡有說不出的苦惱，
整天在寂寞的道上徬徨，
我從一個城市到一個城市，
又從一個村莊到一個村莊。

於是有一天，
我走進了一個叢林，
在層層山巒上，
我發現一所輝煌的廟宇，
四周松柏參天，修竹掩映，
道旁流水潺潺，
到處鳥歌蟲吟。
等我走進殿內，

神像莊嚴鮮明，
磬聲木魚聲中，
上下煙氳迴旋，
僧眾正在誦經。
我在殿外盤桓很久，
才被方丈接見。
他先敬我一杯龍井，
再垂問我的姓名。
於是他告訴我
什麼是因果報應：
這輩子茹素念佛，
下輩子福祿長命；
這輩子奸邪兇惡，
下輩子淪為乞丐賤民。

我說：「那麼像你這樣
全心修行，長年茹素，
一生慈悲為懷，

整天拜佛誦經，
難道就為下輩子的
富貴榮華，肉食衣錦？」

他聽了不免苦笑，說：
「貧僧修行誦經，
專求脫離輪迴，
不能成仙成佛，
也當為清風白雲。」
他又說：
「肉體就是煩惱，
人生不過是夢，
塵世富貴豪奢，
轉眼都是虛空。
莫說世上有多少不平，
其實幸福還在內心。
富貴患得患失，
莫如貧窮安寧；

死亡就在眼前，
輪迴才見公平。」

我謝謝他給我教導，
黯淡地踱出了叢林，
他像是安慰我心中憤懣，
但並沒有指點我的迷津。

……

以後，我就碰到了
許多氣宇軒昂的青年，
他們說：「現在呀，
現在中國已經大變，
我們要中國進步，
已經打倒了孔家千年老店，
我們要自由民主現代化，
就該先來打倒封建。」

他們說：「我們的國家呀，
被人譏笑為東亞病夫，
我們先要國家富強，
才能解除人民的痛苦。」

他們又說：「年輕人，起來吧！
舉起我們中華的大旗，
為救我們被欺凌的國家，
就要先打倒帝國主義。」

那時候，陣陣的鼓聲已經響起，
滿街都是激昂的青年，
我也就跟著大家呼號，
像是解答了我心中的問題。

接著我聽到了各種學說，
還有紅紅綠綠的主義，

於是我開始認識馬克思、
恩格斯、列寧與托羅斯基。

他們說，歷史已經到了新的階段，
要改變生產手段，
就該改變生產關係；
只有全世界無產階級聯合起來，
才能打倒呀，
打到那殘酷無情的資本主義。

於是我們掀起了
轟轟烈烈的革命，
喚起了無數熱血的青年，
有的用槍，有的用筆，
前仆後繼地獻出他們的生命，
有的死於戰場，有的死於牢獄，
有的死於流亡，有的死於酷刑。

於是我為伙伴們嘆息，
又為戰士們傷心，
但有人笑我懦弱低能，
說我是小資產階級的溫情。

他們說，天下沒有不流血的革命，
有這次的大流血，才有永久的太平，
他們勸我多讀革命的理論，
才能建立革命的信仰，
於是我研究馬克思的學說，
從厚厚的經典讀到史達林的演講。

偏是這時候我聽到許多議論，
在社會主義的祖國有了
史達林與托羅斯基的鬥爭。
一剎時，恐怖布滿了俄國，
天天有同志被捕與失蹤，

多少往日的革命老同志，
轉瞬變成反革命的冤魂。

這又引起我新的懷疑，
可是大家都說，
這還是我過去老脾氣，
說這十足是知識階級的劣根性，
對什麼都有荒謬古怪的問題。

有一個朋友非常熱心，
說他正有一味特效藥，
可以醫知識分子的毛病。
他指指我鼻尖對我說：
「你呀，你是患上了可憐的毛病，
要徹底醫治麼？
我有一味藥可正對你病症：
你先該下廠成工人，
你再該下鄉成農民，

第三你該參加部隊，
去做光榮的士兵。
等你變成了無產階級，
你才再不會懷疑革命。」

可是就在那個時候，
許多革命的工人與農民，
受到了打擊與批評，
說他們是中國的托派，
舉著紅旗反紅旗，
嚷著革命反革命。
原來的一群朋友，
一時又成了兩個陣營。
這樣又是鬥爭又是清算，
多少人剝奪了自由，
多少人喪失了性命。
我眼看姊妹成冤家，
兄弟變為敵人，

說是為了革命的警覺，
母女父子斷絕了恩情。

但是那時候，大地掀起了
我們壯烈的抗日戰爭，
千萬的健兒奔赴前線，
來保衛我們民族的生存。

那時呀！
在民族存亡的面前，
我們什麼人都團結一起，
我們再不問階級或傳統，
我們只求抗戰的勝利。

可是當勝利到來的時候，
你們告訴我這是革命的時機，
你們說這正是歷史的要求，
趁此可以打倒資本主義。

於是我又看到大地血流成河，
無數的人民顛沛流離，
多少的田地都荒蕪，
烽火過處都是同胞的屍體。

當時我忍不住悲痛與傷心，
我說，經過八年艱難的抗戰，
人人都希望可以安居樂業，
為什麼我們不來爭取和平？

於是，朋友們又都笑我，
說這正是知識分子的劣根性。
一個說，這原是革命的過程，
一個真正的革命人，
應該只有階級的感情。

一個說：「你想後退麼？
後退沒有路。再後退呀！

再後退就是反動的陣營。」
一個說：「落伍的朋友，
靠邊站吧，我們要前進，
革命在呼喚，同志們，
前進呀！前進！」

這樣，我就被放到
一個荒僻的農村，
那正是寒冷的冬天，
草枯木凋，大雪紛紛，
而我碰到了純樸
良善而貧窮的農民。
他們像親人一般招待我，
先餵我燙嘴的稀飯，
再給我暖身的火盆。
於是一位有鬍子的長者問：
「讀書人，你從城裡來，
一定知道什麼是革命？」

我說：「革命麼？
什麼是革命？簡單的說，
革命就是窮人翻身。」

這時有一個年輕的農婦，
發光的眼睛，棕色的皮膚，
打扮得又玲瓏，又樸素，
她說，她丈夫正在前線革命，
前天還寄回了一封信，
信裡說，革命一成功，
我可以搬到城裡，
再不會現在這樣命苦。

我說，這是最後的戰爭，
以後就是和平與繁榮，
男女一律都平等，
也不分城市與鄉村。

「真的，真的？
真是這樣好？」
大家齊口同聲地問：
「真這樣好？」
我說：「我記得
書本裡是這樣說，
究竟怎麼樣，
我也不知道！」

……

離開了鄉村再回到都市，
我看到了革命的隊伍，
他們高唱著凱歌，
跨著興奮的腳步，
喊著口號，搖著旗，
又是打鑼，又是打鼓。
我想看看老朋友，

可是他們都沒有工夫。
有的忙於演講，
有的忙於開會，
有的忙於寫文章。
從報上看到他們
都已是八級九級的幹部。

馬路上人來人去，
人叢裡話東話西，
忽然有個人同我招呼，
原來是我遠房的表弟。
他說：「真是好久不見你，
這些年你在哪裡？」
我說：「還不是沒有出息，
跟著革命奔東走西，
別人都成了八級九級幹部，
我還是一個人在蕩馬路。
那麼你呢，你可是一直在這裡？」

他說：「我一直是燈泡廠的工人，
今天下午碰巧是我假期。」
我說：「你是真正無產階級，
現在是無產階級專政，
這真可說是，
你專政，我放心。」
他說：「你不要開玩笑！
我家就在這裡附近，
我想請你到我家裡坐一回，
假如你現在沒有什麼事情。」

他的家在一條骯髒的弄堂，
有一間半灰暗的房子，
一間是寢室，半間是廚房，
蒼蠅蚊蚋四周飛翔，
潮濕的泥地上爬著蟑螂，
寢室裡只有一方小小的天窗，
既不透空氣，也缺少光。

我說：「不是說現在
窮人翻身，工人當家，
你怎麼還住在這種地方？」

他說：「就因為工人當了家，
我們要分外刻苦賣力，
以前忙著為資本家賺錢，
現在忙的可是為自己。」

我當時問起他的愛人，
他說：「她在紗廠裡值夜班，
不然你倒可以多坐一回，
我可以請你在這裡吃飯。」

我說：「還是讓我做主人，
我請你到外面喝一杯，
敘敘舊，談談心，
人生難得買一醉。」

哪裡曉得他三杯落肚，
竟對我不斷的訴苦。
他說：「我們天天希望革命勝利，
誰知道現在比過去還苦，
以前我們有什麼不平，
隨時可以罷工抗議，
我們可以要求加薪，
要求改善我們的環境。
現在如果我們有一句怨言，
動不動就說我們反革命。
人說這是無產階級專政，
實際上是要無產階級賣命。」
他又說：「聽說你的朋友們，
都已經是八級九級的幹部，
你應該同他們談談，
我們無產階級的苦處。」

碰巧後來有大鳴大放，
我就趁機訴說工農的命運，
有許多人也起來仗義執言，
說階級專政已變成官僚專政，
政府只是不斷的欺騙人民。

有人說：「政府不知道有國，
只知道有黨，
現在是無知領導有知，
外行領導內行。」

有人指出幹部貪污，
到處作威作福，魚肉百姓，
如果你不甘心被欺凌剝削，
他隨時可說你是反革命。

這就引起權要老羞成怒，
說這是右派分子想推翻政府。

於是又是批評，又是鎮壓，
又是打擊，又是鬥爭，
一群群人都送去勞動改造，
還有許多人就此失踪。

我也就在那時到各地流浪，
我先是乞食街頭，
再是賣我的歌唱，
以後我又在荒僻的鄉間，
在集體農場裡各處幫忙，
到三面紅旗號召時，
我又回到都市裡，
在宋慶齡的花園裡，
守著高泥爐每天煉鋼。

以後我就病了，眼腫，
胃痛，腿上又長瘡，
我那時只能沿街乞食，

但人家竟說我無業流氓。
其實那時人民公社破產，
到處是失業遊民，
全國無地不在鬧飢荒，
強者壯者吃草根樹皮，
弱者幼者個個死亡。

以後的日子越來越悽涼，
我終於到海外流亡。
可是我每天總是在祈求，
祈求祖國在掙扎中興旺；
望著山外山，雲外雲，
想起過去動筆桿的朋友，
總在默祝你們自由，健康。

可是從那時起，
我只聽同志鬥同志
同行鬥同行，

一次比一次凶狠，
一次比一次殘酷與雄壯。
一個同志的被鬥，
有千萬人幫凶怒吼，
鬥人的人再被鬥，
又是萬眾齊打落水狗。

都說蘇聯是修正主義，
可是他們作家協會有正義，
當一個作家被捕與被辱，
作家協會常常有抗議；
而我們的作協與文協，
都是政權的走狗與奴隸。
他們奉命打擊自己的同志，
又批評自己同行的作品，
不是說人家想恢復資本主義，
就是說人家反黨反革命。

我決不反對無產階級專政，
但我不知道誰是無產階級。
先是崇奉劉少奇，
他的階級性誰敢懷疑。
可是後來蜂起了紅衛兵，
到處串連說要打倒官僚主義，
劉主席就變成了反革命。

我想我們同樣的不會忘記，
那一番天翻地覆
血流成河，伏屍遍野的爭鬥，
有多少人被鬥得殘廢？
有多少人喪失了性命？

且不說彭、賀、羅、彭，
王、陸……等等黨國要人，
我只數數當年相識的朋友：
老吳老田先進了監獄；

老夏遊行示眾後被打斷了腿；
老巴在作協掃地洗厠所，
對每個來客列數自己的罪，
他的愛人被打被辱直到死，
沒有人給她一點同情與安慰；
老曾老劉被打得遍體鱗傷，
剝去了衣裳在街上罰跪；
張三李四王七被送到八大荒；
黃大葉五被鬥得齒落
骨斷，被關在牛欄裡懺悔；
更不必說老沈老史跳了樓；
老舒老范老施跳了水。

你不妨說我是知識分子的搖動，
也不妨說我是小資產階級的溫情，
我不得不承認，我當時的確天天失眠，
一想到他們就悲憤傷心。
想當年他們都是醉心革命，

相信我們人間是黑暗的地獄，
經過無產階級的革命，
黑獄就可以有光明。

於是有人說，為他們的夢，
曾經害死過多少人；
現在他們被打入地獄，
正是天理昭彰，因果報應，
我們正該感謝紅衛兵。

那麼紅衛兵應該是無產階級，
可是一轉眼他們都變成罪犯；
下鄉的下鄉，上山的上山，
頭頭兒不是被鬥死也都下了監。

現在呢，聽說被害的人，
總算一個一個獲得平反，
可是死的已死，亡的已亡，

只獲得追悼會上幾句稱讚。
我想知道的倒是：
那些在追悼的要人們，
為什麼當初不知道死者冤枉？
為什麼當時沒有人為真理執言，
為什麼當時沒有人對黑暗反抗？

當時呀！
當時當權的是四人幫。
可是區區四人幫，
如何造成這——
昏天黑地的風浪，
成千成萬人的死亡？
有什麼力量，
可以支持他們有十年的猖狂？

那時呀！
報上只有他們的文章，

他們的樣板戲到處唱，
他們的專政就是無產階級的專政，
四處烽火，人心惶惶。
當年三山五嶽革命的勇士呢，
為何竟沒有一個敢反抗？

現在呢，
現在又說是無產階級專政，
可是無產階級又幻成另一個人，
為什麼我們不能換一個名稱，
可以讓我們大家相信。

而時代呀，時代仍在前進，
三十年來又有了一代新人，
他們貼出了新的大字報，
他們叫出了中國新的旅程。

那麼當年被四人幫折磨的朋友，
為何不聽聽這新的勇敢聲音？
你們的正義感在何處？
還有你們當年革命的豪情？

時代呀，時代不斷的在行進，
中國是一個偉大的民族，
一代都有一代的英俊。
請靜靜地想，細細地看認，
現代又是一個新時代。
你們看，現在呀，現在，
地下刊物又是像春筍！

在那地下刊物裡，
我看到了他們愛國的熱情，
他們又堂堂為被壓迫階級發言，
要求做平等自由的人民。

看到了他們，聽到了他們，
我很自然想到當年的你們，
你們不是有同他們一樣的
風飛雲揚的氣慨，
以及壯闊豪放的胸襟？
可是現在呢？現在，
你們緘默得竟像一個
不肯出氣的酒瓶！

現在呀！現在請你不要看輕，
看輕那微微的點點火星，
不瞞你說，中國如果有希望，
就要靠它給我們的光明。

歷史的哲學曾經昭告我們，
新生的事物儘管弱小，
它必然要生長，強壯，

衰朽的東西儘管繁盛，
它終於要走向死亡。

想想四人幫對你的情形，
我要想求當權的官貴，
請珍惜這新湧的熱血，
請珍惜這新生的生命。

那麼請我們大家想想，
為什麼我們不能細想？
想過去先進的青年
曾經勇敢的打倒孔家店；
那麼毛澤東思想，
在新時代中，也正該封存
在歷史博物館的裡面。
還有我們的制度，
就是這制度呀！
產生了專制的魔王；

就是這制度呀！
產生了猖獗的四人幫，
就是這制度呀！
養成了牛鬼蛇神的猖狂，
窒息了每個人進步的希望。

這制度到現在
早已沒有什麼生氣，
口號接一個口號，
連成了一條可怕的鎖鏈，
你套在我頸上，
我綁在你手臂。
要殺人只要一句謠言：
說你祖上是地主，
說你相信資本主義，
或者說你前幾年
曾同四人幫在一起。

只要看看鬥人的文章：
鬥胡風鬥丁玲與周揚，
都是幾個公式搬來搬去，
口號帽子，大同小異，
現在攻擊四人幫的，
也正是當初四人幫批評你。
我們都是中國人，
誰不要中國現代化與進步，
但為什麼只要四個現代化，
不要千個萬個現代化？
其實最根本要現代化的，
正是我們死僵落後的制度，
還有是知識階級的頭腦——
都只會想些陳舊的革命八股。

解放吧，我們曾經解放了
我們曾祖母的小腳，
解放那封建的家庭；

解放吧，我們曾經解放了
地主剝削下的農民，
解放那在帝國主義壓迫下的
民族的自由獨立精神。
如今呀，如今我們為什麼不能
解放我們的頭腦，以及
在八股框框中掙扎的魂靈？

我也許還是一個知識階級，
從小就愛問東問西，
眼看你們被打成牛鬼蛇神，
又看到你們雲翻風起，
我這愚笨的頭腦，
不免又浮起更多的問題。

你們不妨說我是荒謬的知識分子，
總是不想討人歡喜。
但請不要說我是反革命，

或者說是小資產階級的劣根性，
我只是有一顆懷疑的頭腦，
同一顆真正愛國的癡心。

一九七九，六，二二，晨一時半。

你從北國回來

你從北國回來，
神色非常張惶，
可是夜逢厲鬼，
弄得遍體鱗傷？

你說你從「牛欄」出來，
感到滿心徬徨；
想一生「獻身革命」，
如今竟受盡冤枉。

他們先說你是走資派，
後來又說你是四人幫，

如今又因為你主張民主自由，
人們又說你蓄意反黨。

我說，多次農民的革命，
總是製造出專制魔王，
人間所以變成地獄，
就因為你們想把它改為天堂。

一九七九，六，二二。

白髮

我不剪你，
也不染你，
因為我知道，
你沒有去處。
你跟著憂鬱，
你跟著寂寞，
你已經跟了多年，
才找到一個
地方歇足。

一九七九。

修煉

我修煉六十年，
把固體的我
修煉成液體，
隨溪流散布到人間。

我再修煉六十年，
把液體的我
修煉成氣體，
它隨著乙太散布到雲端，
吸收宇宙最亮的光線。

一九七九，九，八。

新年偶感

高樓低廈，
人潮起伏，
名爭利逐，
千萬家悲歡離合。

閑雲偶過，
新月初現，
燈耀海城，
天地間留我孤獨。

舊史再提，
故書重讀，

冷眼閑眺，
關山未變寂寞！
念人老江湖，
心碎家國，
百年瞬息，
得失滄海一粟！

一九八〇。

面壁

面山壁百年，
身在壁外，
心在壁裡。

我像鋪設溝渠般
在山岩的縫隙間，
移植我血管。

我像安置電線般
在石塊的脈絡裡，
蔓延我的神經系。

於是我乾癟的軀殼，
像枯藤般貼在壁外，
而我的生命——
已活在壁內。

一九八〇。

消逝

一切存在的
都在消逝；
而一切消逝的
也都埋存在這裡。

昨天的你，
已熔鑄在今天的你，
而明天的你，
也已長在我們心裡。

有什麼將來
未曾在現在萌芽？

有什麼夢不是
早存在現實裡？

那麼你去吧，
除了你已敝舊的肉體，
你什麼都在這裡，
你什麼都在我們的生命裡。

一九八〇。

投胎

這些天，電話鈴不斷地響，
你知道他們要我幹什麼？
他們竟說我已經遊蕩多年，
應馬上投胎到緊張的人間。

不瞞你說，我早已上過他們的當，
第一次我在人間扮演了帝皇，
在金鑾玉殿上作威作福，
玩弄了千百的美麗的女性，
揮霍了無數的珠寶金銀，
最後遍地燃起了革命烽火，
我終於被送上斷頭臺上喪命。

第二次我扮演了絕色的歌星，
顛倒了無數的富豪官貴，
癡迷了千萬的群眾人民，
富有的為我破產，
風流的為我喪命。
我驕奢淫逸地過了半生，
到老了貧病癱瘓無依，
我獨自在小樓懸梁自盡。

第三次呀，第三次，
我被迫去作了詩人，
博得了帝皇的稱讚，
人民的崇拜與公主的歡心。
我跑遍了各國的大城小城，
看到了少數的富者大腹便便，
千萬的貧民瘦骨嶙峋。
從此有人說我煽動革命，

我被判為終身監禁，
充軍到冰天雪地的邊境。

如今他們又叫我去投胎，
我倒想知道我這次命運，
人間不早已擠滿了男女老幼，
何必一定要我去扮演丑角，
但是他們說這次倒是非常認真，
他們排演了核子彈很久，
還是缺少補充炮灰的生命。

我說，那麼也何妨暫緩叫我投胎，
我一定謹慎地等他們的電話鈴聲，
待他們的核子彈毀滅了世界，
我一定投胎來整頓那破爛的江山。

一九八〇，五，一九，夜。

徐訏文集・新詩卷9　PG2719

無題的問句

作　　者　徐　訏
責任編輯　陳彥儒
圖文排版　陳彥妏
封面設計　王嵩賀

出版策劃　釀出版
製作發行　秀威資訊科技股份有限公司
114 台北市內湖區瑞光路76巷65號1樓
電話：+886-2-2796-3638　傳真：+886-2-2796-1377
服務信箱：service@showwe.com.tw
http://www.showwe.com.tw
郵政劃撥　19563868　戶名：秀威資訊科技股份有限公司
展售門市　國家書店【松江門市】
104 台北市中山區松江路209號1樓
電話：+886-2-2518-0207　傳真：+886-2-2518-0778
網路訂購　秀威網路書店：https://store.showwe.tw
國家網路書店：https://www.govbooks.com.tw
法律顧問　毛國樑　律師
總 經 銷　聯合發行股份有限公司
231新北市新店區寶橋路235巷6弄6號4F
電話：+886-2-2917-8022　傳真：+886-2-2915-6275

出版日期　2022年2月　BOD一版
定　　價　220元

讀者回函卡

Printed in Taiwan

國家圖書館出版品預行編目

無題的問句/徐訏著. -- 一版. -- 臺北市：釀出版,
2022.02
面； 公分. -- (徐訏文集. 新詩卷；9)
BOD版
ISBN 978-986-445-575-1(平裝)

851.487 110019836